Sabedoria Animal

A ARCA DOS DITADOS

Bruno Casotti
pesquisa e organização

Sabedoria Animal

A ARCA DOS DITADOS

EDITORA RECORD
RIO DE JANEIRO · SÃO PAULO

CIP-BRASIL. CATALOGAÇÃO-NA-FONTE
SINDICATO NACIONAL DOS EDITORES DE LIVROS, RJ

S119   Sabedoria animal: a arca dos ditados/[organização] Bruno Casotti. –
        Rio de Janeiro: Record, 2006
        ISBN 85-01-07632-5

        1. Animais - Citações, máximas, etc. 2. Provérbios. I. Casotti, Bruno.
        II. Título: A arca dos ditados.

06-3318.   CDD 398.9
                      CDU 398.9

Copyrigth © by Bruno Casotti, 2006
Projeto gráfico: Carmen Torras / Gabinete de Artes
Ilustrações: Axel Sande

Todos os direitos reservados. Proibida a reprodução, armazenamento ou
transmissão de partes deste livro, através de quaisquer meios, sem prévia
autorização por escrito.
Direitos exclusivos desta edição reservados pela
EDITORA RECORD LTDA.
Rua Argentina 171 - 20921-380 - Rio de Janeiro, RJ - Tel.: 2585-2000

Impresso no Brasil
ISBN 85-01-07632-5
PEDIDOS PELO REEMBOLSO POSTAL
Caixa Postal 23.052 - Rio de Janeiro, RJ - 20922-970

Impresso no Brasil 2006

À fofa da Marina

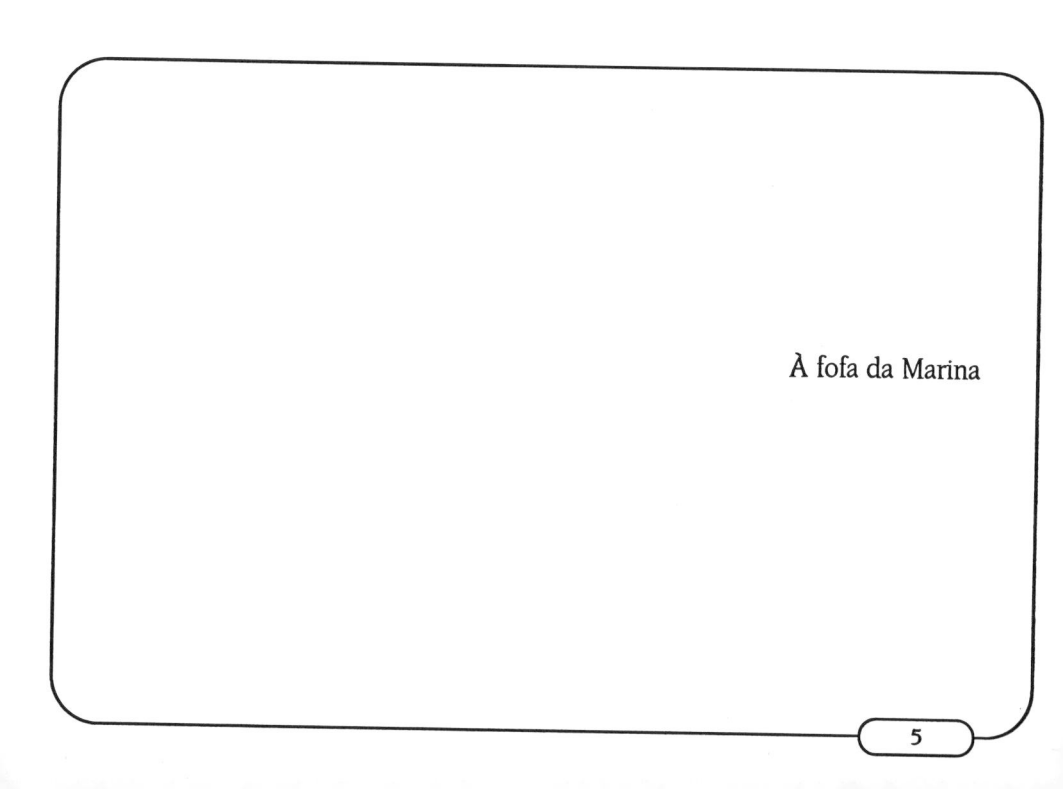

Sabedoria Animal

Os ditados sobre animais representam um dos campos mais férteis e divertidos da cultura popular brasileira. Muitos de seus ensinamentos correspondem piamente a situações da vida. Alguns são velhos conhecidos; outros, curiosas descobertas. *Sabedoria animal* é uma Arca de Noé original, em que os bichos desfilam diante dos olhos do leitor com lições que são a própria essência de nosso povo. A alma brasileira predomina, embora aberta a influências externas, já que vários ditados são heranças de outros povos. Todos são, porém, exemplares de uma cultura que nasce espontaneamente, seja numa fazenda do interior ou numa mesa de bar. O resultado, pura arte popular.

São inúmeros os ditados em que a sapiência brota da relação do ser humano com o animal ou da simples observação do comportamento animal, muitas vezes também comparado ao comportamento humano. Não por acaso as criaturas domésticas têm forte presença na coleção. Boi, cavalo, burro, galinha, cachorro e gato são fontes inesgotáveis de inspiração. Mas a fauna é diversa, incluindo jacaré, morcego, macaco, aves, peixes e insetos. A *Sabedoria animal* é bem-humorada, matreira, singular. Um tesouro de riqueza incomum, guardado nesta arca de lições inesquecíveis.

Galinha vesga cedo procura o poleiro.

Galinha cega de vez em quando acha um grão.

Galinha faminta sonha com milho.

De grão em grão a galinha enche o papo.

Galinha do mato não quer capoeira.

Galinha machucada, todas caem de bicada.

Galinha que anda com pato morre afogada.

Mulher e galinha, só até a casa da vizinha.

Mulher e galinha, por andar se perde asinha.

A galinha do vizinho é sempre mais gorda que a minha.

Não há galinha gorda por pouco dinheiro.

Chove, chove, foge galinha.

Galinha andeja, quando bota, por todo lado cacareja.

Cacarejar não é botar ovo.

Franga se aninhou, quer pôr.

Não mate a galinha que põe os ovos de ouro.

Não conte com o ovo na barriga da galinha.

Onde a galinha tem os ovos, tem os olhos.

Pé de galinha não machuca pinto.

Quem de si faz lixo as galinhas pisam.

O pinto já sai do ovo com a pinta que o galo tem.

O que há de novo é muito galo e pouco ovo.

Galo velho põe ovo.

Galinha que canta é que é a dona dos ovos.

Galinha que canta é que bota.

Galinha que canta, faca na garganta.

Galinha que canta como o galo, corta-lhe o gargalo.

Galinha que canta quer galo.

Em casa de Gonçalo, mais manda a galinha que o galo.

Em casa onde a mulher manda, até o galo canta fino.

Não há paz onde canta a galinha e cala o galo.

Onde o galo canta não canta a galinha.

Onde o galo canta, almoça e janta.

Galo cantou fora de hora, é moça que está dando o fora.

Galo fecha os olhos quando canta porque sabe a música de cor.

Como canta o galo velho, cantará o novo.

Todo galo canta bem em seu terreiro.

Dois galos não cantam no mesmo terreiro.

Muito pode o galo em seu poleiro.

Quem canta de graça é galo.

Amanhece, mesmo que o galo não cante.

Galo só briga barrufado.

Doze galinhas e um galo comem tanto quanto um cavalo.

Em terra de gavião, galinha não vinga pinto.

Em terra onde não tem galinha, inhambu é frango.

Da cintura pra baixo, tanto faz a galinha como a vaca.

Onde não há cachorro, galinha carrega osso.

Na sombra da galinha o cachorro bebe água.

Cachorro que muito late é mau companheiro.

Cachorro bom tem um dono só.

Ao fim de um ano, o cão se parece com o dono.

O cão é o melhor amigo do homem.

Antes um cachorro amigo do que um amigo cachorro.

Há três amigos fiéis: esposa velha, cão velho e dinheiro à vista.

Espingarda de caça, cachorro de raça, mulher e facão, não empresta, não.

Não adianta sentar cachorro em banco, porque o rabo não deixa.

O sorriso do cachorro está no rabo.

Bole com o rabo o cão, não por ti, mas pelo pão.

Da boca do cão, não tire o pão.

Não crie cão se te falta pão.

Quem tem pena de angu não cria cão.

Pelo cão se respeita o patrão.

Quem ama o João, ame o seu cão.

Quem bate no cão, bate no dono.

Quem nasce pra cão, há de morrer latindo.

Quem faz barba de cão, perde tempo e sabão.

Cão que muito ladra não morde.

Cão que muito lambe tira sangue.

Os cães ladram e a caravana passa.

O bom cão não ladra em vão.

Cachorro quando tem medo não late.

Mulher e cachorra, a que mais cala é a melhor.

Cuidado com homem que não fala e com cachorro que não late.

Cachorro velho não late à toa.

Cachorro velho, quando late dá conselho.

Quando é velho o cão, se ladra, é porque tem razão.

Cachorro velho não aprende truque novo.

Pra caçador novo, cão velho.

Cão de caça vem de raça.

Cão de raça não usa coleira.

Em briga de cachorro grande, quem se mete leva mordida.

Mordida de cão se cura com o pêlo do mesmo cão.

Cachorro mordido, todo mundo morde.

Chutar cachorro morto é fácil.

Cachorro que enjeita osso, pau nele.

Tolo é o cão que enjeita o osso que lhe dão.

Cachorro que engole osso sabe a medida do pescoço.

É andando que cachorro acha osso.

Cachorro que muito anda apanha pau ou sarna.

Um dia, um dia, cachorro de paca mata cutia.

Cachorro ovelheiro, só matando.

Cachorro cotó não passa pinguela.

Cachorro bom de tatu morre de cobra.

Cachorro mordido por cobra tem medo de lingüiça.

Não se amarra cachorro com lingüiça.

Não pergunte a cachorro se quer lingüiça.

Palestra de cachorro é porta de açougue.

Cachorro de cozinha não quer colega.

Cu de cão e nariz de gente nunca estão quentes.

Cama no chão, cama de cão.

Cadela apressada pare cão torto.

Alegria de poste é estar no mato sem cachorro.

O Cavalo

Cavalo amarrado também pasta.

A cavalo comedor, cabresto curto.

Cavalo de campo não come pasto cortado.

Cavalo de campo não bebe água de balde.

De cavalo dado não se olha os dentes.

Não se muda de cavalo no meio do banhado.

Cavalo bom, de picado não faz dois rastros.

Cavalo bom e homem valente se conhece na chegada.

Cavalo que voa não quer espora.

Cavalo não desce escada.

Cavalo esperto gosta é de urumbeva.

Pra quem monta cavalo esperto, toda lonjura é perto.

Quem quer ir longe, que poupe o cavalo.

Cavalo tem quatro pés e assim mesmo tropeça.

Cavalo alugado não cansa.

Cavalo de cachaceiro conhece o caminho do boteco.

Enquanto houver cavalo, São Jorge não anda a pé.

Não julgue o cavalo pelo arreio.

Cavalo peado não dá coice.

Cavalo selado só passa uma vez.

Cavalo ruim de sela é que fecha a cancela.

Quem sozinho comeu seu galo, sozinho sele o seu cavalo.

Quem anda na garupa não pega na rédea.

Pra cavalo ruim, Deus bambeia a rédea.

Arrenego do cavalo que se enfreia pelo rabo.

Mulher, cavalo e cachorro de caça, se escolhe pela raça.

Mulher, cavalo e cão, nem se emprestam nem se dão.

Mulher, arma e cavalo de andar, nada de emprestar.

Cavalo de olho de porco, cachorro calado e
homem de fala fina, cuidado com a relancina.

Não deve o cavaleiro andar mais do que o cavalo.

Pra cavalo novo, cavaleiro velho.

As manhas do cavalo, só as conhece o dono.

Amarra-se o cavalo à vontade do dono.

O olho do dono é que engorda o cavalo.

Casco rachado, cavalo gordo.

Cavalo grande, besta de pau.

Em animal xucro todo defeito assenta.

Ao amigo e ao cavalo, não cansá-los.

Quem fala muito dá bom-dia a cavalo.

Hóspede de três dias cheira a cavalo morto.

A doença vem a cavalo e volta a pé.

O castigo vem a cavalo.

Notícia ruim sempre vem a cavalo.

Rabo de cavalo é que cresce pra baixo.

Não se procura chifre em cabeça de cavalo.

Zebra sem listra é cavalo.

Dinheiro espalhado é pior de se juntar do que égua de se arribar.

Coice de égua não machuca potro.

Égua cansada, prado acha.

Na tropilha de petiços, o matungo vai atrás.

Morre o cavalo para o bem do urubu.

"   " O Urubu

Sabedoria Animal

Morre o boi, urubu se alegra.

Alegria de urubu é carniça.

Urubu voa alto mas não larga a carniça.

Enquanto existir Deus no céu, urubu não come folha.

Grande carga, fraca besta, urubu diz: hoje é festa.

Praga de urubu magro não pega em cavalo gordo.

Urubu pelado não voa em bando.

Urubu pelado não se mete no meio dos coroados.

ѰѰ

Urubu caipora, nem galho de peroba escora.

Urubu quando é caipora, o de baixo caga no de cima.

Urubu quando está infeliz, cai de costas e quebra o nariz.

Urubu campeiro não tem morada.

Urubu novo também é branco.

Mulher feia e urubu, é na pedrada.

Não chame urubu de meu louro.

Outras Aves

Papagaio come milho, periquito leva a fama.

Papagaio velho não aprende a falar.

Tem gente que fala mais que papagaio em areia quente.

Em festa de jacu não entra inhambu.

Em tempo de muda, jacu não pia.

Uma andorinha só não faz verão.

Por morrer uma andorinha não acaba a primavera.

Andorinha em terra, chuva no mar.

Se em terra entra a gaivota, é porque o mar a enxota.

ψψ

Cantam os melros, calam-se os pardais.

Tico-ticos e pardais, todos querem ser iguais.

Cada pardal com seu igual.

Depois do Natal, saltinho de pardal.

Por medo de pardais, não se deixa de semear cereais.

Dois pardais em uma espiga, ou fuga ou briga.

Pardal, quando tem fome, desce e come.

Melhor um pardal na mão do que um pombo no telhado.

Mais vale um tico-tico no prato do que um jacu no mato.

Tico-tico no terreiro, quando chove não se molha.

Onde macuco fica, não chia.

Anu não vai a festa de macuco.

Biguá em terra firme, não corre, tropica e cai.

A pomba é o passarinho da paz, e a mulher a paz do passarinho.

Primos e pombos sujam a casa.

Casas de pombos, casa de tombos.

Da águia não nascem pombas.

Águia não pega mosca.

Ainda que a garça voe alto, o falcão a mata.

Todos têm na vida tempo de coruja e tempo de falcão.

A coruja acha seus filhos lindos.

Gavião pega pinto mas respeita galo.

Entrada de gavião, saída de sendeiro.

Dizem e dirão que pinhé não é gavião.

Crie corvos e eles te comerão os olhos.

Do mal que o lobo faz, apraz-se o corvo.

Nunca, de corvo, bom ovo.

Corvo não bica olho de corvo.

Não há ninguém sem seu pezinho de pavão.

Peru, quando faz roda, quer minhoca.

Peru de fora não dá peruada.

Quem morre de véspera é peru de Natal.

ѴѴ

Poleiro de pato é no chão.

Pato novo não mergulha fundo.

Pato e parente só servem pra sujar a casa da gente.

Malandro é o pato, que já nasce com os dedos colados pra não usar aliança.

Eu não quero saber se o pato é macho, quero ver o ovo.

Três mulheres e um ganso fazem uma feira.

De pato a ganso é pequeno o avanço.

Pássaros da mesma pena voam juntos.

Mais vale um pássaro na mão que dois voando.

Nenhum pássaro aprende a voar dentro da gaiola.

Passarinho que engorda na gaiola voa baixo.

Gaiola bonita não alimenta passarinho.

De raminho em raminho, faz o ninho o passarinho.

De ruim ninho, sai às vezes bom passarinho.

Não há passarinho que ache ruim o seu ninho.

Do jeitinho do passarinho, assim é o ninho.

A fêmea é que faz o ninho.

Ave que canta demais não sabe fazer ninho.

Pelo canto se conhece a ave.

Ave de rapina não canta.

Ave de bico curvado, guarda-te dela como do diabo.

Passarinho canta conforme o bico e a garganta.

Passarinho que come pedra sabe o cu que tem.

Passarinho que acorda tarde come fruta verde.

Passarinho que anda atrás de morcego acorda de cabeça pra baixo.

Passarinho que na água se cria, sempre por ela pia.

Pássaro que madruga apanha minhoca.

Mal vai o passarinho na mão do menininho.

Não é boa coisa, se passarinho não cheira.

Quem procura jacaré não atira em passarinho.

Jacaré, Elefante e Camelo

Jacaré que fica parado vira bolsa.

Em festa de jacaré não entra nambu.

Em rio que tem piranha, jacaré nada de costas.

Em rio que tem piranha, jacaré bebe água de canudinho.

Não xingue a mãe do crocodilo antes de atravessar o rio.

Deixe estar, jacaré, que a lagoa há de secar.

Jacaré comprou cadeira e não tem bumbum pra sentar.

Jacaré, jacaré, quanto mais rabo, pior é.

Deu mole, o jacaré engole.

Três mocinhas elegantes: cobra, jacaré e elefante.

Elefantes e mulheres nunca se esquecem.

Elefante não cabe em estante.

Camelo quis ter chifre e acabou perdendo as orelhas.

Confie em Alá mas amarre o seu camelo.

O Gato...

Sabedoria Animal

O gato tem sete vidas.

À noite todos os gatos são pardos.

Caiu no saco, é gato.

Quem não tem cão, caça com gato.

Não são as pulgas dos cães que fazem miar os gatos.

Não leve gato por lebre.

É melhor ser cabeça de gato do que rabo de leão.

Bom amigo é o gato, mas arranha.

Gato quando não morde, arranha.

Quem dorme com gato, acorda arranhado.

Gato sem unha não arranha.

Gato de luva não apanha rato.

Gato de luva é sinal de chuva.

Gato preto encaipora a casa.

Gato ruivo, do que usa, disso cuida.

Gato esperto já nasce de bigode.

Gato esperto dorme em cima do saco.

Gato com fome come sabão.

Gato com fome come até farofa de alfinete.

É fácil levar o gato até o toucinho.

Gato farto não furta.

Bem se lambe o gato depois de farto.

Bem sabe o gato que barbas lambe.

Gato escaldado tem medo de água fria.

Não se fia em água que não corre e em gato que não mia.

Gato muito miador é pouco caçador.

Gato que cobra morde, foge de corda.

Manda o patrão no criado, o criado no gato e o gato no rabo.

Se o gato não come o bife, ou o gato não é gato ou o bife não é bife.

Um olho no gato, outro no prato.

A gato pintado não se confia a guarda do assado.

Gato que nasce no forno não é biscoito.

Há mais de uma maneira de se esfolar um gato.

Gato gordo não apanha rato.

Filho de gato pega rato.

Da casa do gato não sai rato farto.

...e o Rato " "

Sabedoria Animal

Vão-se os gatos, folgam os ratos.

Quando o gato sai os ratos fazem a festa.

Enquanto dormem os gatos, correm os ratos.

Quando o gato passeia, o rato sapateia.

Enquanto o gato anda pelo telhado, o rato anda pelo sobrado.

Antes magro no mato do que gordo no papo do gato.

Coitado é filho de rato, que nasce pelado no meio do mato.

Infeliz do rato que só conhece um buraco.

Depressa se apanha o rato que só conhece um buraco.

Impossível é rato fazer ninho em orelha de gato.

Os ratos são os primeiros a abandonar o navio.

Há mais ratoeiras do que ratos.

Para acabar com os ratos, não ponha fogo na casa.

Suspiro de rato não derruba queijo.

Em festa de rato não sobra queijo.

Rato não faz sombra a elefante.

O que há é muito rato e pouca preá.

Quem come de graça é preá.

Preá, quando chia, está chamando cobra.

" " A Perigosa

A primeira pancada é que mata a cobra.

Sombra de pau não mata cobra.

Quem mata a cobra mostra o pau.

Mata-se a cobra, mas não o veneno.

Deus não dá asa a cobra, e quando dá tira o veneno.

Deus não dá asa a cobra, mas ensinou o bote.

De cobra não nasce passarinho.

Ovo de cobra não gora.

Quem agasalha cobra morre picado.

Mordida de cobra ou escorpião, prepara a pá e o enxadão.

Não adianta gritar por São Bento depois que a cobra já mordeu.

Assobiar à noite é chamar cobra.

A cobra maior sempre engole a menor.

Não procure sovaco em cobra.

Cobra que não anda não engole sapo.

Cobra não tem perna mas também anda.

Cobra que quer morrer procura a estrada.

Jibóia não corre, mas pega veado.

Cascavel quando não mata, aleija.

Cascavel só anda aos pares.

Se a serpente é velha, o sapo a provoca.

Foge do maledicente como da serpente.

Na Água

Sabedoria Animal

Aos peixes não se ensina a nadar.

Peixe não puxa carroça.

Água ruim, peixe ruim.

O mar não está pra peixe.

Caiu na rede é peixe.

Nem tudo que cai na rede é peixe.

O maior peixe é o que se perde.

Grandes peixes se pescam em grandes rios.

Não dê o peixe, ensine a pescar.

Vara sem isca, peixe não belisca.

Peixe esperto come a isca e caga no anzol.

O peixe morre pela boca.

O peixe e o homem se prendem pela boca.

Mulher e peixe do mar é difícil de agarrar.

Filho de peixe, peixinho é.

Peixe e visita em três dias fedem.

Melhor ser rabo de pescada do que cabeça de sardinha.

O que se ganha em badejo se perde em arenque.

Em águas turvas se apanha o bagre.

Comer cação, arrotar salmão.

Camarão que dorme a onda leva.

Nas enchentes é que o pitu larga os dentes.

Quem tem filho barbado é camarão.

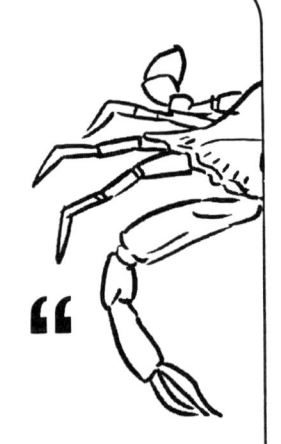

Se barba fosse documento, camarão era o dono do mar.

Caranguejo não anda pra frente.

Caranguejo nunca anda em linha reta.

Caranguejo se esconde pra água passar.

Caranguejo não criou pescoço pra não ser enforcado.

Por morrer um caranguejo, o mangue não bota luto.

Briga o mar com a praia, quem paga é o caranguejo.

Briga a onda com o rochedo e o sururu vai no meio.

Quando o mar bate na rocha quem se lixa é o mexilhão.

Baleias no canal, terás temporal.

"A Macacada"

A Arca dos Ditados

Cada macaco no seu galho.

Quem quebra galho é macaco gordo.

Mulher feia é que nem macaco gordo: só quebra galho.

Macaco, quando acha galho, trepa e balança.

Macaco velho não sobe em galho seco.

Macaco não briga com o pau que sobe.

Quando a árvore está para cair, fogem os macacos.

Macaco que muito pula quer chumbo.

Macaco, quando tem fome, faz barulho.

Macaco velho não mete a mão em cumbuca.

A macaco velho não se ensina a fazer careta.

Não pergunte a macaco se quer banana.

Macaco não enjeita banana.

Macaco, quando não pode comer banana, diz que está verde.

De bago em bago, o macaco enche o papo.

O macaco só vê o rabo do outro.

Macaco não olha para o próprio rabo.

Macaco ri do rabo da cutia e não olha o seu.

Macaco, olha o teu rabo!

Macaco senta no rabo e puxa o do vizinho.

Macaco senta no próprio rabo pra falar do rabo dos outros.

Quanto mais alto o macaco sobe, mais mostra o rabo.

Em festa de macaco, inhambuxintã não pia.

Quem tem medo de careta é sagüi.

Não é culpa do espelho se ele reflete um macaco.

Macaco é sempre macaco, mesmo de terno e casaco.

Macaco só não fala porque tem preguiça de remar.

Macaco consegue o que a onça não alcança.

" " A Onça

A Arca dos Ditados

A fome faz a onça sair do mato.

Está na hora da onça beber água.

Onça não caça barata.

Filho de onça já nasce pintado.

Mulher feia e onça, só na jaula.

Não cutuque onça com vara curta.

Quem tem medo não mama em onça.

Onça sempre parece maior do que é.

Onça que dorme no ponto vira tapete.

Antes de matar a onça não se faz negócio com o couro.

Depois da onça abatida, todos metem o dedo nas ventas.

Onde não tem onça, porco folga.

O Porco e Outros Roceiros

Focinho de porco não é tomada.

Anel de ouro não é pra focinho de porco.

Porco entrão, pau no focinho.

Tromba de porco não mata mosca.

É de pequena que a porca torce o rabo.

Quando te derem um porquinho, segure-o pelo rabinho.

Porco velho não se coça em pé de espinho.

Quem anda com porco, come farelo.

Quem vive com porco se deita na lama.

Quem anda aos porcos, tudo lhe cheira.

Não jogue pérolas aos porcos.

A melhor espiga é para o pior porco.

Na porcada, o que mais fuça é o que mais engorda.

Cada leitão em sua teta.

Cada porco em seu chiqueiro, cada pinto em seu poleiro.

Quem refresca cu de porco é chiqueiro, e de pato, é lagoa.

Porco no celeiro não quer parceiro.

Se valesse gritaria, porco nunca morria.

Ou bem se vende o porco, ou se come a lingüiça.

Sogro é como porco, só se sabe quanto vale depois de morto.

Vida de porco, curta e gorda.

Caititu fora do bando vira comida de onça.

A preguiça anda tão devagar que a desgraça alcança.

A nadar, morreu de sede a preguiça.

Preguiça não lava a cabeça, e se lava, não penteia.

Para amigo urso, abraço de tamanduá.

Na corcunda do tamanduá, tatu agüenta sol.

Tatu velho não cai em mundéu.

Tatu velho não se esquece do buraco.

Quem nasceu pra tatu, morre cavando.

Viva eu, viva tu, viva o rabo do tatu.

Em trilha de paca, tatu caminha dentro.

Paca, tatu, cutia não.

Cutia ficou cotó de tanto fazer favor.

A cutia de tanto dar perdeu o rabo.

Depois da mijada da cutia, o cachorro pega o faro.

Bom dia não se nega nem à cutia.

Quem conta história de dia, cria rabo de cutia.

É ditado da cutia: o sol se pôs, acabou o dia.

Cágado, pra que queres botas, se tens as pernas tortas?

A Arca dos Ditados

103

Jabuti não pega ema.

Jabuti não sobe em árvore.

Jabuti perde tempo querendo aprender lição de água.

Jabuti, quando tem pressa, aprende a voar.

Um gambá cheira o outro.

Mulher feia e morcego só saem à noite.

" "

O Lobo e sua Presa

A Arca dos Ditados

105

Lobo de goela cheia não morde.

Fartura de lobo três dias dura.

🐾🐾

Lobo velho não cai em armadilha.

Lobo não come lobo.

O que a loba faz, o lobo apraz.

O lobo perde o pêlo mas não perde o vício.

O lobo perde os dentes mas não perde o instinto.

Quando o lobo vai furtar, longe de casa vai caçar.

Quem anda com lobo aprende a uivar.

Quem não quer ser lobo, não lhe vista a pele.

Quem se faz de cordeiro o lobo come.

Quem faz do lobo pastor, perde as ovelhas.

Não dê a ovelha para o lobo guardar.

Tola é a ovelha que ao lobo se confessa.

Enquanto os cães brigam, o lobo come a ovelha.

Morte de lobo, saúde do rebanho.

Ovelha que berra, bocado que pede.

A pior ovelha é a que mais berra.

Uma ovelha má põe o rebanho a perder.

Ovelha prometida não diminui o rebanho.

Ovelha não é pra mato.

Cada ovelha com sua parelha.

Ovelhas bobas, por onde vai uma vão todas.

De manhã a manhã, perde o carneiro a lã.

A lã nunca pesou no carneiro.

Antes perder a lã do que perder a ovelha.

Coelho casa com coelha, e não com ovelha.

" "

O Coelho

A Arca dos Ditados

Pra coelho ido, conselho vindo.

Depois de fugir o coelho, todos dão conselho.

Antes coelho magro no mato do que gordo no prato.

Desse mato não sai coelho.

Quando menos se espera, salta a lebre.

A necessidade põe a lebre a caminho.

Não se caça lebre tocando tambor.

Quem duas lebres caça, uma perde e a outra passa.

O Bode e a Cabra

Sabedoria Animal

Se barba fosse respeito, bode não tinha chifre.

Bode também tem barba.

Pra quem ama, catinga de bode é cheiro.

Bode não morre de fome.

Bode velho gosta de capim novo.

Bode só dá chifrada em quem anda a pé.

Bode quando não salta, berra.

Bom cabrito é o que não berra.

Cabrito que não berra não mama.

Quem ama a cabra, ama o cabrito.

Não confie horta a cabrito.

Chumbo bom é no veado; no cabrito não, que é de casa.

Prenda as cabras, que os bodes estão soltos.

A cabra da minha vizinha dá mais leite do que a minha.

Com chuva criadeira, come a cabra, engorda o gado e o dono faz a feira.

Cabra não come azeitona e caga os caroços.

A Raposa ""

Quando a raposa se zanga com a vinha, muitas uvas se poupam.

Raposa de luvas não chega às uvas.

A raposa indolente não lhe cai comida no dente.

Raposa que espera o frango cair do poleiro morre de fome.

Raposa que dorme não apanha galinha.

Se não fosse cantiga de galo, raposa não acertava o poleiro.

Conselho de raposa, morte de galinha.

Raposa na governança, não há frango em segurança.

Não se confia o galinheiro à raposa.

Raposa muda de pêlo mas não deixa de comer galinha.

Raposa muda de pêlo mas não de manha.

Raposa velha não cai no laço.

Quem a raposa quer enganar, muito tem que madrugar.

É ditado da raposa: o sol se pôs, ainda se faz muita coisa.

Consegue a raposa o que o leão não alcança.

O Leão

Calma, que o leão é manso.

O leão não é tão bravo quanto o pintam.

Pela garra se conhece o leão.

Ter garras não é o mesmo que ser leão.

Solteiro, pavão; noivo, leão.

O leão não caça pardais.

Entrada de leão, saída de cordeiro.

Cova de leão sempre tem ossada.

Se conseguir escapar do leão não tente caçá-lo.

Quem diz que leão é jumento que vá pôr o cabresto nele.

" "   O Burro

A Arca dos Ditados 125

Jumento não topa duas vezes na mesma pedra.

Paletó de jumento é cangalha.

É batendo na cangalha que o burro entende.

Quem nasceu pra burro morre pastando.

Quem nasceu pra burro nunca chega a cavalo.

Filho de burro não pode ser cavalo.

Onde falta cavalo os asnos trotam.

Prefiro um burro que me carregue do que um cavalo que me derrube.

É melhor andar a pé do que montar em burro magro.

É na sela que o burro conhece o cavaleiro.

Quem não agüenta trote não monta burro.

Quem tem burro e anda a pé, mais burro é.

De burro só se espera coice.

Burro bravo dá coice até no vento.

Coice não é privilégio de burro.

Não se corta a pata do burro por um único coice.

Amor de asno entra aos coices e sai às dentadas.

Burro e carroceiro nunca estão de acordo.

Se ferradura desse sorte, burro não puxava carroça.

Basta mais carga pro burro aprender.

Burro que geme, carga não teme.

Por falta de um grito morre um burro no atoleiro.

Um olho no burro, outro no cigano.

Um burro coça o outro.

Burro onde encosta mija.

Bicho que mija pra trás é que bota o homem pra frente.

Burro velho não toma freio.

Burro velho não perde a mania.

Burro velho não amansa.

Burro velho não toma passo.

Burro velho não pega marcha.

Burro velhote não perde o trote

Burro velho não tem andadura, e se tem pouco dura.

Pra burro velho, capim novo.

Burro amarrado também come capim, mas a rédea é curta.

Capim que burro não come não presta pra gado nenhum.

Todo burro come palha, a questão é saber dar.

Com palha e milho se leva o burro ao trilho.

Não se trata burro a pão-de-ló.

Não é o mel para a boca do asno.

Jumento com fome, mandacaru come.

Asno com fome, espinhos come.

Asno contente vive eternamente.

Nenhuma fortaleza resiste a um burro carregado de ouro.

Burro carregado de livro não é doutor.

Anda em capa de letrado muito burro disfarçado.

Burro calado, por sábio é contado.

É mais fácil o burro perguntar do que o sábio responder.

Quando um burro fala, o outro abaixa a orelha.

A pensar morreu um burro.

Quem burro vai a Santarém, burro vai e burro vem.

Asno que a Roma vá, asno volta de lá.

Ensaboar cabeça de burro é perda de sabão.

Do homem é o errar, das bestas o teimar.

Suspiro de burro não arromba cerca.

Vozes de burro não chegam ao céu.

Tem gosto o burro em ouvir seu zurro.

Burro que muito zurra pede cabresto.

Pelo zurro se conhece o burro.

Bem sabe a burra diante de quem zurra.

Bem sabe o asno em que casa rosna.

Mula que faz "him" e mulher que fala latim raramente têm bom fim.

Mula que bem se arreia nunca é feia.

Quem afaga mula, recebe coice.

Quem não se aventura, não anda em cavalo nem em mula.

Mulher e mula, o pau as cura.

Não me importa se a mula é manca, eu quero é rosetar.

"Ê, Boi"

Sabedoria Animal

Agora e não depois deve-se dar nome aos bois.

Boi solto se lambe todo.

Boi manso, novilho atropela.

Boi manso, aperreado, arremete.

De boi manso me guarde Deus, que de bravo me guardo eu.

Boi bravo em terra alheia fica manso.

Boi atolado, pau nele.

Boi sonso, chifrada certa.

Boi sonso é que arromba a cerca.

Boi velho conhece o outro pelo berro.

Boi velho gosta de erva tenra.

Boi velho, passo seguro.

Em boi velho não busque abrigo.

Boi de guia é que toma água limpa.

Boi lerdo só bebe água suja.

Boi sempre estranha bebedouro novo.

Boi andando no pasto pra lá e pra cá,
capim que acabou ou está pra acabar.

Capim, quando não chove, não nasce, e quando nasce, boi come.

Cerca malfeita convida o boi a passar.

Boi em terra alheia, até as vacas lhe dão chifradas.

Boi ladrão não amanhece em roça.

Novilho matreiro se esconde no banhado.

O carro não anda na frente do boi.

Quem faz força é o boi, mas o carro é que geme.

Carro de boi pesado é que canta.

Pelo andar do boi se conhece o peso da carroça.

Quem não tem carro nem boi, ou vai antes ou depois.

Com boi xucro, laço e chibata.

Não há boiada sem boi corneta.

O dono do boi é que pega no chifre.

O boi se pega pelo chifre, o homem, pela língua.

O boi pega no arado, mas não por ser do seu agrado.

Dá-se um boi pra não entrar na briga e uma boiada pra não sair dela.

A arma do boi é o desgosto do homem.

Na falta de um grito vai-se embora uma boiada.

Por causa de uma esporada se perde uma vaquejada.

Vaqueiro novo faz o gado desconfiado.

Onde passa o boi, passa o vaqueiro.

Aonde a vaca vai, o boi vai atrás.

Vaca que não come com os bois, ou comeu antes ou comerá depois.

Vaca parida não come longe.

Vaca do monte não tem boi certo.

Vaca de rodeio não tem touro certo.

Vaca triste e pançuda, não presta e não muda.

A uns morrem as vacas, a outros dão cria os bois.

Quando te derem uma vaca, que ela venha com a corda.

Corre a vaquinha o quanto corre a cordinha.

Suspiro de vaca não arranca estaca.

Vaca sem cauda não enxota mosca.

Não se compra vaca quando o preço do leite está em baixa.

A vida é como vaca tambeira que esconde o melhor leite.

A vaca mansa dá leite, a braba dá coice.

Vaca de vilão, se dá leite no inverno, melhor no verão.

Quanto mais se ordenha a vaca, maior é a teta.

Leite de vaca não mata bezerro.

Bezerro enjeitado não escolhe teta.

Bezerro enjeitado não cheira teta.

Bezerrinha mansa em todas as vacas mama.

Bezerro de pobre não chega a boi.

O boi não ama a cria que bota.

Touro no pasto do outro é vaca.

Gente tola e touro, paredes altas.

De um touro não se tiram dois couros.

O Sapo

Sapo que salta, água não falta.

Sapo não pula por boniteza, mas por precisão.

O mal do sapo é ter olhão.

É melhor ser sapão de pocinho do que sapinho de poção.

Não sou sapo mas adoro perereca.

Malandro é o sapo que casa e leva a mulher pra morar no brejo.

Mulher só não casa com sapo porque não sabe qual é o macho.

Atrás de cururu peado todo bicho é corredor.

Subiu a rã na pedrinha e diz que viu Calcutá.

Canta a rã, e não tem cabelo nem lã.

Canta o sapo, e não tem pelagem nem casaco.

Sapo fora da lagoa não ronca.

Sapo de fora não chia.

Em terra de cobra, sapo não chia.

Em terra de sapos, de cócoras com eles.

Em terra de sapo se aprende a pular.

Em terra de sapo, mosquito não dá rasante.

" "   A Mosca

Não se pega mosca com vinagre.

Com mel se pegam as moscas.

Não mate a mosca que pousa na cabeça do tigre.

Não se mata mosquito com tiro de canhão.

Pressa só é bom pra apanhar mosca.

Em boca fechada não entra mosca.

A merda é a mesma, as moscas é que mudam.

As moscas e os importunos, enxotados, sempre voltam.

Tanto vai a mosca ao leite, que numa dessas se afoga.

Ainda que a moça é tosca, ela bem que vê a mosca.

Mosca também faz sombra.

Não faça de uma mosca um elefante.

De panela que ferve, as moscas se arredam.

Em casa de pobre, ao meio-dia, mosca samba embaixo de panela.

"Outros Insetos"

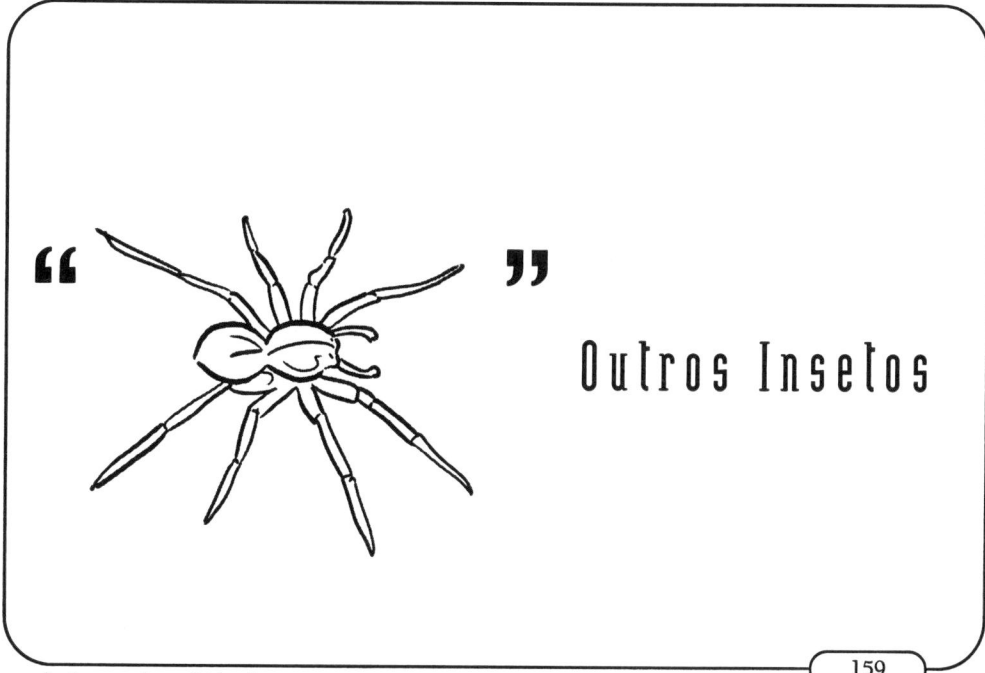

A Arca dos Ditados

Mutuca é que tira o boi do mato.

Quem anda pela cabeça dos outros é piolho.

Não sei se acabo com as vacas ou se ponho fogo no mato, mas o que eu quero é o fim dos carrapatos.

Conversa de mulher, papo de aranha.

A aranha vive do que tece.

A aranha, da flor, faz peçonha.

Lagartixa, de tanto cumprimentar, perdeu a cabeça.

Lagartixa sabe em que pau bate a cabeça.

Lagartixa não é filhote de jacaré.

Quem nasceu pra lagartixa nunca chega a jacaré.

Má vizinha à porta é pior que lagarta na horta.

Mulher é como abelha, ou dá mel ou ferroada.

Palavra é como abelha, tem mel e ferrão.

Quem se faz de mel, as abelhas comem.

Ainda que seja doce o mel, a picada da abelha é cruel.

Importante não é o tamanho do ferrão, mas a força da picada.

Abelha atarefada não tem tempo pra tristeza.

Alma sem besouro não escuta zum-zum.

Marimbondo pequeno já mostra que tem ferrão.

Não se mexe em casa de marimbondo.

O caracol nunca deita fora de sua concha.

Barata sabida não atravessa galinheiro.

Em terreiro de galinha, barata não tem razão.

Casa velha tem barata.

Quem gosta de terra é minhoca.

A terra é virgem porque a minhoca é mole.

Malandra é a pulga, que só espera a comida na cama.

Quem com os cães se deita, com as pulgas se levanta.

Pra onde vai o cachorro, vão as pulgas.

Há muitas maneiras de se matarem pulgas.

A formiga não sabe a folha que rói.

Imita a formiga se queres viver sem fadiga.

Toda formiga tem sua ira.

Até a formiga quer companhia.

Formiga, quando quer se perder, cria asa.

Formiga e puxa-saco têm em todo lugar.

Pouco a pouco e sem canseira, a saúva péla a roseira.

A melhor lã, a traça come.

Picam os indiscretos mais do que os insetos.

Morre o bicho, acaba a peçonha.

Epílogo

A Arca dos Ditados

Fera que rompe a jaula vira caça.

O que é do homem, o bicho não come; o que é da mulher, o bicho quer.

Se correr o bicho pega, se ficar o bicho come.

O bicho vai pegar.

O bicho tá pegando.